PROCÈS

RELATIF

AUX ÉVÈNEMENS

DU VINGT MARS.

GRENOBLE.

BARNEL, IMPRIMEUR, AU JARDIN-DE-VILLE, N.º 5.

1821.

PROCÈS

RELATIF

AUX ÉVÈNEMENS DU VINGT MARS.

Du 5 mai 1821, en la chambre de mise en accusation de la Cour royale, séante à Grenoble, présens MM. Maurel, *président*; Fayolle, Duport, Borel-Saint-Victor, Faure-de-Bressieux, *conseillers*.

Sur le rapport fait le 28 avril 1821 par le Procureur-général du Roi près la Cour royale, séante à Grenoble, conformément à l'article 235 du code d'instruction criminelle; une procédure a été instruite contre Edouard-Eléonor-Guillaume Rey, propriétaire, domicilié à Saint-Robert; Marc Colombat fils, étudiant en droit; Joseph Foulquier, ancien officier, actuellement commis négociant; Joseph Arnaud, tailleur de pierre; et Alphonse Brunet, dresseur gantier, domicilié à Grenoble; tous présens dans la maison d'arrêt de la ville de Grenoble, en vertu de mandat de dépôt; et encore contre Charles Renauldon fils, avocat; Hyppolite Cécillon, clerc d'avoué; Claude Rivière, ancien officier, actuellement gantier; Bayoud fils, étudiant en pratique; Antoine Dussert, ouvrier imprimeur; Etienne Finet, ouvrier gantier; François Platel, horloger; Philippe Martinet, menuisier; Victor-François Troullioud, avocat; Hugues Blanc, marchand gantier; Auguste Dumas, officier en demi-solde; tous domiciliés à Grenoble; et Claude-Jean-Baptiste-Bruno Reymond, marchand peigneur de chanvre, habitant à la Tronche, non détenus, et tous prévenus de complicité et d'attentat ayant pour but de détruire ou de changer le gouvernement et l'ordre de successibilité au trône, et d'exciter les citoyens ou habitans à s'armer contre l'autorité du Roi, et encore d'avoir publiquement proféré des cris séditieux, et porté publiquement le drapeau et la

1

cocarde tricolore dans les rues et sur les places de la ville de Grenoble, signe extérieur de ralliement, non autorisé par le Roi ou par les réglemens de police; et le Procureur-général du roi, après avoir fait l'examen des pièces de la procédure, a porté ladite procédure devant la Cour royale, chambre des mises en accusation, à l'effet de faire décider si ou non les individus dénommés ci-dessus doivent être mis en accusation ou seulement renvoyés devant la Cour d'assises du département de l'Isère, pour y être jugés en conformité des lois des 17 et 26 mai 1819;

Oui la lecture qui a été faite par le greffier de la Cour, en présence du Procureur-général, les 28, 29 et 30 avril, 2, 3 et 4 mai 1821, de la procédure instruite contre les individus susnommés, ainsi que des Mémoires fournis par Edouard-Eléonor-Guillaume Rey et Marc Colombat, tous deux prévenus.

Cette lecture faite, les pièces ont été laissées sur le bureau; le Procureur-général du roi a déposé son réquisitoire, et il s'est retiré ainsi que le greffier.

Vu ladite procédure et les requêtes d'Edouard-Eléonor-Guillaume Rey, Marc Colombat et Joseph Foulquier, tendantes à obtenir leur mise en liberté provisoire sous caution;

Vu le réquisitoire du Procureur-général du roi, par lui signé, et dont la teneur suit:

Le Procureur-général du roi près la Cour royale séante à Grenoble,

Vu les pièces de la procédure instruite contre les auteurs et complices de la rebellion qui a éclaté à Grenoble le 20 mars dernier;

Considérant que quelques jours avant le 20 mars on avait remarqué une certaine agitation dans la ville de Grenoble, que les agens de police en étaient fatigués, qu'ils avaient même des indices presque certains qu'on faisait, à Grenoble, des listes d'individus sur lesquels on pouvait compter (procès-verbal des agens du 25 mars 1821); que dès le 19 mars, au café Menassieu, faubourg Très-Cloîtres, plusieurs individus avaient osé, en plein jour, arborer la cocarde tricolore, chanter des chansons séditieuses; et annoncer hautement que sous trois jours cette cocarde serait le signe de réunion; que plusieurs individus qui prirent part à la rebellion du 20 mars dernier, disaient que ce mouvement devait avoir lieu le même jour qu'à Turin, qu'il avait été différé de crainte qu'il ne manquat, et qu'à présent *ça avait lieu dans toute la France*; (expression d'un témoin de l'information); que ce mouvement convulsif a même été annoncé d'avance dans quelques journaux de la capitale; que ces faits prouvent que la rebellion qui a éclaté à Grenoble, le 20 mars dernier, n'a pas été l'effet du hasard, mais au contraire celui d'un projet antérieur et combiné avec d'autres mouvemens, conséquemment d'un complot proprement dit ;

Considérant que l'explosion eut lieu en effet à Grenoble, dans la matinée du 20 mars dernier ; que le prétexte qui avait été imaginé pour opérer le mouvement perturbateur, fut une note insérée dans une lettre, arrivée le même jour de Lyon, et qui avait été écrite par un marchand, à son frère, à Grenoble ; note dans laquelle l'auteur de la lettre annonçait une nouvelle télégraphique, suivant laquelle le Roi aurait abdiqué la couronne, le duc d'Orléans aurait été nommé régent du royaume, et le drapeau tricolore flotterait sur le château des Tuileries ; note qui ne donna pas la nouvelle comme certaine ;

Que cette note fut lue par celui qui l'avait reçue, soit dans sa boutique et devant son magasin à Grenoble ; soit au cercle Arribert ; que la nouvelle fut répandue dans toute la ville ;

Que cette fausse nouvelle aurait dû naturellement jeter, dans l'ame des habitans de Grenoble, la plus grande consternation, la plus profonde douleur, puisqu'elle annonçait l'abdication d'un Roi si éminemment distingué par sa haute sagesse, par sa justice, par son extrême bonté ; qu'au lieu de produire cet effet, elle fut suivie d'un mouvement violent, séditieux et convulsif ; nouvelle preuve qu'il avait été précédé par une combinaison des malveillans et d'ennemis du gouvernement légitime du Roi et de la patrie.

Considérant qu'un grand nombre de jeunes gens et autres s'étant rendus sur la place Saint-André, vers les neuf heures du matin du 20 mars dernier, se portèrent dans la cour de la Préfecture, en proférant des cris séditieux ; que le Préfet ordonna de fermer les portes de son hôtel ; qu'il permit seulement de laisser entrer deux des individus ; qu'ensuite Perrin et Redauldon, avocats, furent admis auprès de lui ; qu'ils demandèrent au Préfet si la nouvelle était vraie ; qu'il répondit qu'elle était fausse, et qu'il allait publier une proclamation pour la démentir ; qu'il leur en montra la minute qui devait sur-le-champ être livrée à l'impression, et que ces deux avocats ont dû rapporter cette réponse à ceux qui étaient dans la cour du Préfet ;

Considérant que, loin de se disperser, la foule revint sur la place Saint-André ; que d'autres s'y rendirent encore ; que la plupart arborèrent la cocarde tricolore, signe de rebellion ; que quelques jeunes gens vinrent dans la Grand'rue, qui est voisine de cette place, pour acheter des étoffes d'un marchand et en former un grand drapeau tricolore ; qu'ils se servirent à cet effet d'un long bâton qu'ils trouvèrent chez un autre marchand voisin ; que l'on porta ce drapeau avec une sorte de triomphe sur la place Saint-André, en proférant les cris les plus séditieux , en arborant des cocardes tricolores à leurs chapeaux , du moins un très-grand nombre ;

Considérant qu'à la même époque , un nombre considérable d'individus se porta tumultueusement dans la cour de la Citadelle en proférant les cris : aux armes! vive la liberté! vive la constitution ! à bas la cocarde blanche! à bas les royalistes! à bas la royauté! vive l'empereur ! qu'à la Citadelle il y avait une compagnie de chasseurs à cheval , que le lieutenant de Roi ordonna aussitôt de sonner le boute-selle; mais que les séditieux empêchèrent d'exécuter cet ordre ; que le lieutenant des chasseurs fut entouré par la foule, qui criait : à bas la cocarde blanche! que l'un des séditieux dit à quelques chasseurs de ne pas faire sortir les chevaux, qu'il n'arriverait rien ; qu'il s'opposa avec colère à ce que d'autres chasseurs montassent à cheval , que d'autres séditieux en empêchèrent aussi de monter à cheval , et qu'ils usèrent de violence pour arracher sa couverte à l'un des chasseurs ; que le lieutenant des chasseurs fut entouré par la foule qui criait : à bas la cocarde blanche ! que l'un des rebelles dit à cet officier : si vous avez le malheur de faire monter à cheval , vous vous en repentirez, c'est vous qui répondrez du sang qui sera répandu; que l'un des rebelles disait aux soldats : nous sommes tous Français , et montrant la cocarde tricolore , voilà l'ancienne ; que les soldats étaient embrassés par plusieurs de ces rebelles qui les engageaient à venir avec eux; que le même individu dit au lieutenant de Roi : nous voulons une nouvelle constitution , toute la France la demande , le Roi a abdiqué ; que plusieurs individus avaient des cocardes tricolores et des rubans qu'ils distribuaient aux autres; que quelques-uns ayant de semblables cocardes chantaient des chansons de l'empereur; que les insurgés ayant entendu des vociférations de l'autre côté de l'Isère , c'est-à-dire du faubourg Saint-Laurent, ils se portèrent en foule sur les remparts de la Citadelle , et qu'ils répondirent à ces cris par ceux de vive la constitution ! aux armes ! vive l'empereur ! vive la liberté ! que plusieurs de ces rebelles étaient décorés; que la foule était encore sur les remparts lorsqu'on entendit battre la générale dans la ville , et qu'aussitôt après les rebelles évacuèrent la Citadelle ; que le lieutenant de Roi étant sorti de la Citadelle pour se rendre chez le lieutenant-général, et y recevoir des ordres, il apprit, en passant sur la place Notre-Dame , que le lieutenant-général était au quartier de l'Oratoire ; qu'en conséquence il s'y rendit ; que dans la rue de l'Oratoire il fut cou-

doyé et croisé par une multitude de gens qui couraient à toutes
jambes sur la place Notre-Dame, en criant aux armes! que
M. le lieutenant-général ayant appris ce mouvement séditieux,
s'était en effet rendu à la caserne de l'Oratoire; qu'en passant
sur la place Notre-Dame, il y avait trouvé une foule de jeunes
gens parmi lesquels on remarquait beaucoup d'ouvriers, dont la
plupart avaient arboré la cocarde tricolore, et criaient : vive
la constitution! vive la charte! qu'ils annonçaient l'abdication
du Roi et la régence du duc d'Orléans; que vainement le
lieutenant-général les invita à se retirer; qu'il ne fut ni écouté,
ni obéi; que le lieutenant-général étant arrivé à la caserne de
l'Oratoire, se mit à la tête d'un bataillon et qu'il traversa la
même place de Notre-Dame au milieu des vociférations de
réjouissance ;

Qu'ayant vu un drapeau dans la foule qui était sur cette
place, il le prit et le jeta à terre, et que cet attroupement fut
dissipé; que le lieutenant-général vint ensuite dans la rue
Brocherie; qu'il y trouva un autre rassemblement d'environ
deux à trois cents personnes; qu'il y avait beaucoup d'individus qui portaient la cocarde tricolore; que deux des rebelles
portaient des drapeaux tricolores ; que ce rassemblement
marcha sur le bataillon commandé par le lieutenant-général,
aux cris de vive la constitution! que les rebelles criaient aussi
vive l'empereur! aux armes! que quelqu'un criait vive le
duc d'Orléans! que le sieur Destor, officier, se saisit de l'un
de ceux qui portaient un drapeau; que les rebelles l'entouré-
rent, en criant qu'ils ne voulaient pas se laisser arracher leur
drapeau, lequel, dans le débat fut déchiré ; que l'un des
rebelles offrit des cocardes tricolores à des militaires qui les
rejetèrent ; qu'ils en portèrent même aux soldats dans les
rangs; qu'un officier les enleva à plusieurs jeunes gens; que
l'un des rebelles lança au lieutenant-général une pierre qui
tomba à ses pieds; qu'une autre frappa un officier; que les
grenadiers ayant croisé la bayonnette, un officier les arrê-
ta, et que les rebelles prirent la fuite ; qu'en passant sur la
place aux Herbes, l'un des rebelles agitait sa canne contre le
lieutenant-général; que le lieutenant-général étant arrivé avec
son état-major et un bataillon sur la place Saint-André,
il y trouva un rassemblement tumultueux qui prenait un
caractère alarmant; qu'il y rencontra d'abord Renauldon fils,
portant une cocarde tricolore assez grande, qui haranguait la
multitude, qui s'avança vers le lieutenant-général en faisant
des démonstrations hostiles, et en s'élevant avec arrogance au-
dessus de lui, pour parler à la troupe, c'est-à-dire, pour l'entraîner elle-même dans la révolte; que le lieutenant-général,

somma inutilement les rebelles de se disperser ; que ceux-ci ayant refusé de satisfaire à cette sommation, il mit le sabre à la main, et s'avança de son côté vers Renauldon, qui était à leur tête ; qu'il le frappa et le blessa légèrement ; que Renauldon frappa de sa canne le lieutenant-général ; que pendant l'action, le chapeau de Renauldon tomba ; qu'il fut ramassé par un grenadier qui ôta la cocarde tricolore, et la jeta dans la boue ; qu'aussitôt après, Renauldon prit la fuite, et que les autres rebelles se dispersèrent ; que le lieutenant-général se rendit de suite sur la place Grenette, avec son état-major, et le même bataillon qu'il y avait amené de la caserne de l'Oratoire ; que de là il se rendit à la caserne de la rue de Bonne ; que le préfet, instruit de ces mouvemens séditieux, s'était rendu sur la Grenette, avec quatre soldats tirés de son corps-de-garde ; qu'il marchait quelques pas en avant de ses soldats, quand, passant par la Grand'rue, il fut hué par les rebelles ; que ces rebelles criaient les uns vive la république ! et d'autres vive la constitution ou vive l'empereur ! que d'autres criaient encore aux armes ! qu'étant arrivé sur la place Grenette, il fut encore hué et saisi au collet par l'un des rebelles ; qu'alors il tira son épée ; qu'il fut environné et pressé par un groupe très-nombreux, aux cris de vive la constitution ! vive la patrie ! vive l'empereur ! aux armes ! aux tuilles ! qu'un individu qui se trouvait derrière le préfet, tira de dessous son habit quelque chose d'assez long, qu'un témoin crut, sans pouvoir le certifier, être un poignard. Qu'alors Rabes, sous-lieutenant des voltigeurs, s'élançant avec quelques-uns de ses voltigeurs, au milieu du groupe, en dégagea le préfet ; que le général étant revenu de la caserne de Bonne, sur la place, fit battre un ban, annonçant qu'il mettait la ville en état de siége ; que le préfet déclara qu'il lui remettait ses pouvoirs ; que la troupe qui entendait les cris les plus séditieux, ne cessa de crier vive le roi ! que l'un des rebelles, en élevant la voix, dit : *criez, canaille, dans quelque temps d'ici, vous allez la sauter.*

Que le lieutenant-colonel Bosquet, ayant entendu des propos séditieux, fit des représentations à ceux qui les tenaient ; qu'alors il fut pressé par huit ou dix individus ; qu'il en reçut quelques coups de poings ; qu'il parvint cependant à arrêter celui qu'il crut l'avoir frappé le premier ; qu'il sortit de la foule, lui qui le remit entre les mains de la garde.

Que s'étant rapproché de la foule, il fut entouré de nouveau, frappé, pris aux cheveux, et qu'il ne fut délivré que par une compagnie de grenadiers qui vint à son secours ; que voulant se retirer chez lui, il fut encore entouré une troisième fois, sous la voûte du café Davin ; qu'alors il demanda une escorte au

colonel de gendarmerie , qui le fit accompagner chez lui par
une compagnie de grenadiers; que le lieutenant-général se trou-
vant avec les troupes qu'il avait amenées, deux ou trois des rebelles, munis de bâton, les levèrent pour en frapper le général;
qu'alors il ordonna de charger les armes ; qu'il proclama de
nouveau la ville en état de siége, et que le préfet lui remettait
ses pouvoirs ; qu'alors les rebelles se dispersèrent; que d'autres
rebelles , dans la matinée du même jour , parcoururent
diverses rues de la ville, en criant aux armes ! aux sabres ! aux
tuilles ! et en proférant d'autres cris séditieux et menaçans ;
que dans le faubourg Saint-Laurent , il y eut aussi un rassemblement de rebelles qui avaient des cocardes tricolores et qui
proféraient des cris séditieux; quelques-uns d'entr'eux se portèrent au clocher pour sonner le tocsin; qu'ils mirent en effet
en mouvement les cloches ; qu'un homme sage vint leur
représenter combien il y avait de l'imprudence et du danger à
provoquer ainsi l'alarme parmi les citoyens ; qu'en effet ils
cessèrent de sonner les cloches ; que dans le même faubourg ,
un homme du peuple passait tranquillement, qu'un des rebelles
voulut placer une cocarde tricolore à son chapeau; que celui-
ci s'y opposa , et lui dit de filer (marcher) et de lui laisser
faire son chemin ; qu'alors ce rebelle lui donna une gifle ou
un coup à la tête, et lui fit tomber son chapeau.

Que lorsque les soldats , venant du fort de Barraux, traver-
saient le faubourg Saint-Laurent , les rebelles jetaient des
cocardes tricolores sur les caisses des tambours; que dans la
rue Très-Cloîtres , il y a eu aussi un rassemblement considérable de rebelles; que la plupart avaient des cocardes tricolores
à leurs chapeaux, qui se dirigaient vers le faubourg de Très-
Cloîtres , en criant vive l'empereur !

Que dans ce faubourg et près de l'église Saint-Joseph , on
faisait une vente publique d'effets mobiliers ; qu'un jeune
homme courant et presque hors d'haleine, survint et s'empara
avec violence du tambour du crieur , en disant que c'était
pour publier la constitution et l'abdication du roi , en faveur
du duc d'Orléans; qu'enfin , il se mit à battre la générale , et
se dirigea vers le faubourg Très-Cloîtres.

Considérant que tous les faits et autres qui sont rappelés
dans les informations de M. le président Maurel , et du juge
d'instruction de Grenoble , à cet effet délégués, signalent un
attentat et même un complot, dont le but était de détruire ou
de changer le gouvernement et l'ordre de successibilité au
trône , et d'exciter les citoyens ou habitans à s'armer contre
l'autorité du Roi; qu'on ne peut se méprendre sur ce but,
puisque les rebelles se sont assemblés tumultueusement sur

les places et dans les rues ; qu'ils ont crié de toutes parts,
vive la république ! vive l'empereur ! qu'ils ont arboré la
cocarde tricolore ! que les uns ont crié aux habitans de s'armer
contre les troupes du roi, tandis que d'autres tentaient de les
entraîner dans la révolte, par des caresses ou des menaces ;
que s'ils n'ont pas réussi dans leurs coupables desseins, si
les troupes, si les habitans sont demeurés fidèles à leur
devoirs, cette tentative n'a manqué son effet que par des
circonstances indépendantes de la volonté de ces rebelles ;

Que leur mauvaise foi était d'autant plus évidente et
criminelle, que le préfet avait formellement et solennellement
démenti les nouvelles imaginées et répandues à dessein, pour
émouvoir le peuple.

Considérant que ceux qui ont pris part à ces attroupemens et aux
différens actes de la rebellion dont il s'agit, doivent être considérés
comme auteurs ou complices du même crime, qui était un attentat dont le but était de détruire ou de changer le gouvernement
ou l'ordre de successibilité au trône, et d'exciter les citoyens
ou habitans, à s'armer contre l'autorité du roi, parce que
leur but était le même, et que la différence des moyens
n'avait été imaginée que pour mieux réussir.

Considérant que ces crimes sont prévus par les art. 28 et 88
du code pénal, et emportent peine afflictive ou infamante.

Considérant, subsidiairement, que les rebelles, au nombre de
plus de vingt, se sont rendus coupables d'avoir provoqué, par
des discours, des cris ou des menaces proférés dans des lieux
publics, à commettre les crimes sus-énoncés ; ladite provocation n'ayant pas été suivie d'effets, délits prévus par les
art. 1 et 2 de la loi du 17 mai 1819 ; que suivant l'art. 4 de
cette loi, est réputée provocation au crime et punie des peines
portées en l'art. 2, toute attaque formelle par l'un des moyens
énoncés à l'art. 1.er, soit contre l'ordre de successibilité au trône,
soit contre l'autorité constitutionnelle du roi et des chambres ;

Que ces délits ont été commis, puisqu'on a crié : à bas la
charte ! à bas le roi ! à bas les royalistes ! vive l'empereur !
vive le duc d'Orléans ! vive la constitution des cortès ! et que
les rebelles ont fait, dans ce but, aux habitants, l'appel aux
armes !

Que conséquemment les coupables sont passibles de la peine
d'emprisonnement, qui ne peut être moins de trois mois, ni
excéder cinq années, et d'une amende qui ne peut être moindre
de cinquante francs, ni excéder six mille francs, conformément
à l'art. 2 de cette loi ;

Considérant, qu'il y a eu nombre considérable de témoins
qui ont été entendus, mais que la plupart des coupables

n'ont pas été connus d'eux, soit parce qu'ils étaient étrangers, soit parce qu'ils ont échappé à l'attention, par leur obscurité.

Considérant que ceux qui ont été principalement signalés dans ces procédures, sont : 1.º « Colombat, étudiant, qui se trouva
» au rassemblement de la Citadelle, qui proposa d'y placer
» un drapeau tricolore, qui, la veille, était venu avec deux
» autre jeunes gens, pour examiner la Citadelle ; qui, sur la
» place Notre-Dame, portait une cocarde tricolore, et fut
» arrêté par un officier ;

» 2.º Édouard Rey, qui se trouvait aussi au rassemblement
» de la Citadelle et qui, au moment où on proférait les cris
» les plus séditieux, disait qu'on faisait une sottise de crier
» vive l'empereur ! et qu'il fallait crier vive la constitution ! et
» qui craignant d'être arrêté, voulait s'enfuir en descendant
» par les remparts, attendu qu'on avait fermé les portes de la
» ville » ;

3.º Foulquier, qui était aussi du rassemblement de la Cita-delle, qui menaça le lieutenant des chasseurs, s'il donnait l'ordre de monter à cheval ; qui menaça pareillement le trom-pette, s'il sonnait ; qui se présenta à la croisée de la chambre des chasseurs, pour les dissuader de monter à cheval, et qui les engageait à se oindre aux rebelles ;

4.º Renauldon fils, qui vint, avec Perrin, avocat, demander au préfet si les nouvelles qu'on répandait dans la ville étaient vraies, et qui, quoique instruit personnellement par le préfet de la fausseté de ces nouvelles, arbora la cocarde tricolore ; qui haranguait la multitude pour l'exciter à la rebellion, et voyant arriver le général à la tête d'un bataillon, marcha vers lui avec arrogance, armé d'une canne, et montrant des dispo-sitions hostiles, ce qui engagea le général à mettre le sabre à la main, et à lui donner deux ou trois coups qui le blessè-rent légérement, et firent tomber son chapeau ;

5.º Cécillon, clerc de l'avoué Chapel, qui était sur la place Saint-André, au milieu des rebelles, ayant une cocarde et un petit drapeau tricolore, qu'il porta aussi dans la rue Brocherie ;

6.º Rivière, ancien officier ; qui vint chez Ville, marchand, Grand'rue, ayant à la main un bâton, et qui forma un drapeau avec de l'étoffe achetée chez ce marchand, et porta le drapeau au milieu des rebelles, sur la place Saint-André, la place aux Herbes, et successivement dans la rue Brocherie, en criant, vive l'empereur ! vive la constitution ! qui résista aux troupes du roi, lorsqu'ils voulaient lui enlever le drapeau, et qui fut arrêté par un officier des mains duquel il s'échappa ;

7.º Bayoud fils, qui faisait partie du rassemblement de la

Citadelle, qui criait comme les autres, qui s'agitait pour que les chasseurs ne montassent pas à cheval ;

8.º Antoine Dussert qui, dans la rue Créqui, faisait partie d'un autre rassemblement, et qui criait vive la constitution ! vive l'empereur, en élevant son chapeau ;

9.º Etienne Finet, ouvrier gantier, qui, dans le faubourg Saint-Joseph, en enlevant la caisse du crieur de la ville, sous le prétexte qu'il voulait publier la constitution et l'abdication du roi, en faveur du duc d'Orléans ; qui, ensuite, pour rassembler le peuple, se mit à battre la générale, se dirigeant vers le faubourg Très-Cloîtres ;

10.º Platel, horloger, qui, ayant une grande cocarde tricolore, et venant de la rue de Bonne, se dirigea vers la place Grenette, et qui fut ensuite rencontré sous la voûte de l'Intendance ;

11.º Martinet, menuisier, qui, sur la place des Cordeliers, fut rencontré portant une cocarde tricolore ;

12.º Trouilloud, fils aîné, qui, dans la rue Neuve, portait semblable cocarde ;

13.º Hugues Blanc, marchand, qui portait aussi une cocarde tricolore, et qui faisait partie d'un rassemblement près la place Saint-André ;

14.º Reymond, ancien officier, qui portait une semblable cocarde à la Tronche et sur la grande route, et qui voulait engager un domestique à l'arborer ;

15.º Dumas, ancien officier, qui portait le même jour, dans la rue, une cocarde tricolore, et qui chargeait des pistolets.

Tous lesquels individus sont, d'après les procédures, inculpés de ces faits, avec des circonstances plus ou moins graves.

Par ces considérations, le procureur-général a conclu à ce qu'il plaise à la Cour, dire et prononcer qu'il y a lieu à accusation contre lesdits Colombat, Rey, Foulquier, tous les trois détenus ; Renauldon fils, Cécilion, Rivière, Bayoud fils, Dumas, ancien officier, et Etienne Finet, contumax ; Antoine Dussert, Platel, horloger, Martinet, menuisier, Trouilloud, fils aîné, Hugues Blanc, et Reymond, ancien officier ; en conséquence, les renvoyer à la Cour d'assises de l'Isère, pour y être jugés sur l'acte d'accusation qui sera dressé contr'eux, par le procureur-général, à raison des crimes prévus par les art. 2, 87 et 88 du code pénal, desquels crimes ils sont prévenus d'être les auteurs ou les complices, et en conséquence, décerner une ordonnance de prise de corps contre tous les susnommés, et subsidiairement déclarer qu'il y a lieu de mettre lesdits quinze individus en état de prévention, des délits prévus par les art. 1, 2 et 4 de la loi du 17 mai 1819, et, en conséquence, les renvoyer pareillement à la même Cour d'assises pour y être jugés conformément à cette loi; donner acte au procureur-général des réserves qu'il fait de poursuivre les autres auteurs ou complices des désordres du 20 mars dernier; ordonner que les nommés Arnaud (Joseph), tailleur de pierre, et Brunet (Alphonse), ouvrier gantier, seront, en l'état, mis en liberté.

Délibéré à Grenoble, au Parquet, le 2 mai 1821. Le procureur-général, signé ACHARD.

Considérant qu'il résulte de la procédure, que Marc Colombat fils est suffisamment prévenu d'avoir, le 20 mars 1821, dans la ville de Grenoble, porté publiquement la cocarde tricolore, signe extérieur de ralliement non autorisé par le roi ou par des réglemens de police; d'avoir fait partie du rassemblement séditieux, qui s'est porté à la Citadelle, dans la matinée du 20 mars dernier, et d'avoir répondu à la proposition *qui était faite* d'y placer le drapeau tricolore: *oui, il faut le mettre et rester du monde ici.* Comme aussi de s'être rendu la veille 19 mars, à la Citadelle, dans la vue de ce qui devait arriver le lendemain;

Considérant qu'il résulte de la procédure, que Joseph Foulquier est suffisamment prévenu d'avoir, le 20 mars 1821, dans la ville de Grenoble, fait partie du rassemblement séditieux qui s'est porté à la Citadelle, ce jour-là, dans la matinée; d'y avoir tenté de dissuader les chasseurs de monter à cheval, en disant à leur lieutenant, et au lieutenant de Roy, et aux chasseurs eux-mêmes: si vous avez le malheur de faire monter à cheval, vous vous en repentirez, c'est vous qui répondrez du sang qui sera répandu; et encore d'avoir dit aux chasseurs: mettez-vous de notre parti, c'est la bonne cause, et d'avoir, par des discours et menaces, proférés dans un lieu public, voulu empêcher les chasseurs d'exécuter les ordres qui leur auraient été donnés par leurs chefs, et de les avoir par là, provoqué à la désobéissance aux lois, laquelle provocation n'a été suivie d'aucun effet;

Considérant qu'il résulte de la procédure, que Charles Renauldon fils, après être allé le 20 mars 1821, dans la matinée, avec le sieur Perrin, avocat, chez M. le préfet, à l'effet de lui demander si les nouvelles qu'on répandait dans la ville de Grenoble étaient vraies, et après avoir été instruit personnellement par la réponse, de la fausseté de ces nouvelles, a néanmoins postérieurement porté publiquement la cocarde tricolore, signe extérieur de ralliement non autorisé par le roi , ou par des réglemens de police , harangué la multitude pour l'exciter à la désobéissance aux lois ; qu'ensuite , voyant arriver le général à la tête d'un bataillon , sur la place Saint-André , il a marché vers lui avec arrogance , armé d'une canne , ayant une cocarde tricolore à son chapeau , et montrant des dispositions hostiles , il s'est élevé au-dessus du général , pour parler à la troupe , ce qui engagea le général à mettre le sabre à la main , et lui en donner deux ou trois coups, qui le blessèrent légérement et firent tomber son chapeau; et d'avoir , par ses discours prononcés dans un lieu public , provoqué à la désobéissance aux lois, laquelle provocation n'a été suivie d'aucun effet ;

Considérant qu'il résulte de la procédure, qu'Hyppolite Cécillon est suffisamment prévenu d'avoir, le 20 mars 1821 , dans la ville de Grenoble, porté publiquement la cocarde tricolore, et d'avoir, étant à la tête d'un attroupement séditieux, promené publiquement dans les rues et sur les places de ladite ville, un drapeau ou flamme tricolore, signe extérieur de ralliement non autorisé par le roi ou par des réglemens de police;

Considérant qu'il résulte des pièces de la procédure, que Claude Rivière est suffisamment prévenu d'avoir, le 20 mars 1821, dans la ville de Grenoble, étant à la tête d'un attroupement séditieux, promené publiquement dans les rues et sur les places de ladite ville, un drapeau tricolore, signe extérieur de ralliement non autorisé par le roi ou par des réglemens de police, et d'avoir résisté aux troupes du roi qui voulaient le lui enlever, dans la rue Brocherie;

Considérant qu'il résulte de la procédure, que le nommé Bavoud fils est suffisamment prévenu d'avoir, le 20 mars 1821, dans la ville de Grenoble, fait partie du rassemblement séditieux qui s'est porté ce jour-là, dans la matinée, à la Citadelle, d'y avoir paru très-animé, au milieu des vociférateurs, et d'y avoir dit publiquement qu'il fallait laisser monter les chasseurs, que peut-être ils se mettraient avec eux ;

Considérant qu'il résulte de la procédure , qu'Antoine Dussert , est suffisamment prévenu d'avoir , le 20 mars 1821 , en la ville de Grenoble, et dans la rue Créqui, fait entendre les cris : *vive l'empereur*, et d'avoir aussi publiquement proféré des cris séditieux;

Considérant qu'il résulte de la procédure , qu'Etienne Finet, est suffisamment prévenu d'avoir, le 20 mars 1821 , au faubourg Saint-Joseph de ladite ville de Grenoble, pris la caisse du crieur public de ladite ville, sous le prétexte qu'il voulait publier la constitution et l'abdication du roi, en faveur du duc d'Orléans, et d'avoir ensuite battu la générale, se dirigeant vers le faubourg Très-Cloîtres, à l'effet de rassembler le peuple ;

Considérant qu'il résulte de la procédure, qu'Auguste Dumas est suffisamment prévenu d'avoir, le 20 mars 1821, dans la ville de Grenoble, porté publiquement la cocarde tricolore, signe extérieur de ralliement non autorisé par le roi ou des réglemens de police, et d'avoir publiquement, dans la Grande-Rue de ladite ville, chargé deux pistolets, au moment où on criait aux armes !

Considérant qu'il résulte de la procédure, que tous les faits sus-énoncés sont qualifiés délits ; qu'ils sont prévus par les art. 1, 3, 5 et 6 de la loi du 17 mai 1819, et qu'ils emportent des peines d'emprisonnement et d'amende ;

Considérant qu'aux termes de l'art. 3 de la loi du 26 mai 1819, les délits dont il s'agit sont de la compétence de la Cour d'assises ;

Considérant que la prévention qui s'est élevée contre Edouard-Eléonor-Guillaume Rey, François Platel, Philippe Martinet, Victor-François Trouilloud, Hugues Blanc, Claude-Jean-Baptiste-Bruno Reymond, Joseph Arnaud et Alphonse Brunet, d'avoir, le 20 mars 1821, dans la ville de Grenoble, publiquement proféré des cris séditieux et porté la cocarde tricolore, signe extérieur de ralliement non autorisé par la loi ou par des réglemens de police, n'est pas suffisamment établie, et qu'il n'existe pas des indices suffisans de culpabilité contre ces individus pour motiver une mise en prévention ;

PAR CES MOTIFS :

La Cour, après avoir délibéré, sans désemparer, déclare qu'il y a lieu à prévention contre Marc Colombat fils, Joseph Foulquier, Charles Renauldon fils, Hyppolite Cecillon, Claude Rivière, le nommé Bayoud fils, Antoine Dussert, Etienne Finet et Auguste Dumas ; et les renvoie, Colombat et Foulquier, en état de mandat de dépôt, par-devant la Cour d'assises du département de l'Isère, qui tiendra ses séances à Grenoble, pour y être jugés à la plus prochaine session, sur les faits ci-dessus mentionnés et circonstances, en conformité des lois des 17 et 26 mai 1819 ; à quel effet, ordonne que les pièces de la procédure seront déposées rière le greffe de ladite Cour ; le tout, à la diligence du Procureur-général du roi ; et faisant droit à la demande de Marc Colombat et de Joseph Foulquier, ordonne qu'ils seront mis en liberté provisoire sous caution solvable de se représenter à tous les actes de la procédure et pour l'exécution du jugement aussitôt qu'ils en seront requis ; la solvabilité de laquelle caution sera discutée par le Procureur-général du roi près la Cour, conformément à la loi, et fixe le cautionnement que chacun d'eux aura à fournir à la somme de cinq cents francs.

Et en ce qui concerne Edouard-Eléonor-Guillaume Rey, Joseph Arnaud, Alphonse Brunet, François Platel, Philippe Martinet, Victor-François Troullioud fils, Hugues Blanc et Claude-Jean-Baptiste-Bruno Raymond, la Cour déclare n'y avoir lieu à les mettre en prévention; en conséquence, annule, à l'égard seulement d'Edouard-Eléonor-Guillaume Rey, Joseph Arnaud et Alphonse Brunet, le mandat de dépôt décerné par le président de la Cour royale, remplissant les fonctions de Juge-instructeur, le 22 mars 1821, contre lesdits Rey, Arnaud et Brunet; ordonne qu'Edouard-Eléonor-Guillaume Rey, Joseph Arnaud et Alphonse Brunet seront mis sur-le-champ en liberté, s'ils ne sont retenus pour d'autres causes ; et que François Platel, Philippe Martinet, Victor-François Troullioud, Hugues Blanc et Claude-Jean-Baptiste-Bruno Reymond, continueront de rester en liberté, le tout à la diligence du Procureur-général du roi; au surplus, donne ce au Procureur-général des réserves qu'il a fait de poursuivre les autres auteurs ou complices des désordres du 20 mars 1821. Ainsi fait et jugé, à Grenoble, en la chambre des mises en accusation de la Cour royale, ledit jour 5 mai 1821, étant MM. les *présidens* et *conseillers* signés. Ainsi signé : MAUREL, FAYOLLE, DUPORT, FAURE, BORE-SAINT-VICTOR.

www.ingramcontent.com/pod-product-compliance
Lightning Source LLC
Chambersburg PA
CBHW061450170626
46811CB00005B/2443